フィガロが選ぶ

パリっ子のための
オシャレにパリを楽しむ
100

アンヌ＝シャルロット・ド・ラング
Anne Charlotte de Langhe

イラスト ベルトラン・ド・ミオリス
Bertrand de Miollis

太田佐絵子 訳

原書房

ILLUSTRÉ PAR **BERTRAND DE MIOLLIS** • TEXTES **ANNE-CHARLOTTE DE LANGHE**

フィガロが選ぶ
パリっ子のための
オシャレにパリを楽しむ100

イラスト　ベルトラン・ド・ミオリス
執筆　アンヌ＝シャルロット・ド・ラング

まえがき

　パリっ子たちは、いつもスイッチが入りっぱなしの生活のなかで、あらゆることを体験してきた。さけてとおれないこと、必要不可欠なこともあれば、予測不可能なこともあった。ときには、わざわざ時間をとって都会ならではの楽しみを味わったり、好奇心を満たす体験をしてみたり、観光客をねらう罠にわざとはまって面白がったり、それほどタブーでもないささやかな喜びを感じたりしてきた。そんな大小の幸せを100までつみかさねてきた。きりのいい数だ。生粋のパリジャン、パリジェンヌを自負する人たちにとっては、絶対に無視できないことばかりだ。とっぴなこと、ありふれたこと、季節限定のこと、永遠不変のことなどさまざまだが、無条件になんでも選んだというわけではない。たとえば「レ・アルのオニオンスープを飲んだ」と「シェ・ドゥニーズで2人前の牛リブロースを食べた」のどちらを選ぶべきかで悩んだりもした。同様に、コンティシーニのパリブレストと、国虎屋2の弁当のどちらをとるべきかも決めかねた。このような選択をするなかで、ぬけおちてしまったものもあるだろう。うずまく可能性のなかに身をおいて、ぜひ読者の方に続きを書いていただきたい。あなただけの、パリでするべきことのリストを。

　　　　　　　　　　　アンヌ＝シャルロット・ド・ラング

コスト兄弟がプロデュースした、
ル・カフェ・マルリーのテラスで朝食をとった

　天候はおだやかで、回廊にはまだ人の声が響いていない。女性のあなたはちょっとためらった。というのもウェイトレスたちがしゃくにさわるほどシックだったから（セクシーすぎる）。男性のあなたは、いそいそと店内へ。なにしろウェイトレスたちがセクシーだったから。でもそんなウェイトレスたちの魅力にもまさるのが、肘掛椅子にすわったまま眺める景色だ。ガラスのピラミッドを見ながらの、マリアージュ・フレールの紅茶とクロワッサン、そしてムックを読むという組み合わせは、パリじゅうのデコルテ美女を集めたくらいの価値がある。

ル・カフェ・マルリー
Le café Marly

93, rue de Rivoli, 1er / 地下鉄 Palais Royal-Musée du Louvre
01 49 26 06 60
年中無休
8:00〜翌2:00

赤信号の近くから、
毛を逆立てたシルエットを

2

シラク元大統領のアパルトマンの窓から
夫婦のようすをうかがった

　というか、毛をさかだてている飼い犬のマルチーズのシルエットが見えないかと思ったのだ［広い大統領官邸から狭いアパルトマンに移ったことが原因で、攻撃的になった愛犬のマルチーズがシラク元大統領にかみつき、ニュースになった］。ヴォルテール河岸3番地が一番よく見える観測地点は、もちろんカルーゼル橋のたもとにある赤信号だ。

カルーゼル橋
Le pont du Carrousel
テュイルリー河岸とヴォルテール河岸を結ぶ橋
地下鉄 Palais Royal-Musée du Louvre

3

ギャンゲットで羽目をはずした

　たまたま、マルヌ河岸のラ・ギャンゲット・ド・リル・デュ・マルタン＝ペシュールでのこと。庭の藤の木、防水コーティングされたヴィシー織のテーブルクロス、アコーデオン、ムール貝とフライドポテト…。なにもかもが、飲んで食べて踊って遊べるギャンゲットの雰囲気だったから。テーブルの上に置かれた小さな架台には、次期ミス・マルタン＝ペシュールのコンテストへの招待状。でも残念、その日はプールの予定があった。

ラ・ギャンゲット・ド・リル・デュ・マルタン＝ペシュール
La Guinguette de l'île du Martin-Pêcheur

41, quai Victor Hugo, 94500 Champigny-sur-Marne
RER（A線 Boissy St.Léger方面行き）Champigny駅から徒歩7分
電話 01 49 83 03 02　（要予約）
www.guinguette.fr
レストラン　金・土曜日夜19:30〜21:30（金曜は6〜7月中旬のみ）日曜昼12:00〜14:00
ダンスタイム　金曜19:30〜翌0:30（6〜7月中旬のみ）土曜19:30〜翌1:00（4〜10月中旬）日曜12:00〜18:00（3〜10月）

ミントとアンゴスチュラは
欠かせない

4

ガリニャーニ書店を出てからル・ムーリスの
モヒートで喉をうるおした

　いっぺんにふたつの楽しみを味わうためだ。といっても、リヴォリ通りの偶数番地側の短い区間にあるから苦労はない。ひとつは、パリの最高級ホテルのひとつ、ル・ムーリスのバー228で味わう、アンゴスチュラ・ビターズ［薬草・香草・樹皮などを漬けこんだリキュール］をくわえミントをそえたグラスいっぱいのモヒート。もうひとつは、エキゾティックでシックな「なにか」がある、イギリス文学やフランス文学の書店。おそらくそれは、ロシア語や日本語が幅をきかす歩道に、アメリカびいきやイギリスびいきの雰囲気を、エレガントにかもしだしているということだろう。

バー228
Bar 228

228, rue de Rivoli, 1er / 地下鉄 Tuileries
01 44 58 10 66
年中無休　12:00〜翌1:00

ガリニャーニ
Galignani

224, rue de Rivoli, 1er / 地下鉄 Tuileries
01 42 60 76 07
www.galignani.fr
日曜定休　10:00〜19:00

5

アンジェリーナで冷えた身体を温めた

　オテル・ル・ムーリスとガリニャーニに隣接するアンジェリーナは、もっとひかえめだけれど、ピッチャーで出てくるショコラ・ショー（ホットチョコレート）で元気を回復させてくれる。冬のテュイルリー公園を歩きまわって冷たくなった両手をピッチャーにあてて温めるのが好きだ。向かいの人が、伝説のモンブランのメレンゲをスプーンで割ったとき、ウィーンのカフェにいるような気がした。まあ、ティータイムを楽しむおしゃべりな常連のマダムたちを無視すればの話だけれど。

アンジェリーナ
Angelina

226, rue de Rivoli, Ier / 地下鉄 Tuileries
01 42 60 82 00
www.angelina-paris.fr
年中無休

復活の物語

6

映画館ルクソールでビリー・ワイルダーの映画をふたたび観た

　というのも、あなたは場所や作品の復活を信じているから。この映画館はその両方の復活をになっている。そしてあなたの願いは、高架を走るメトロが見えるテラスも、活気をとりもどしてほしいということ［1921年にエジプト人アンリ・ジプシーによって設計された映画館ルクソールは、1983年に閉鎖され放置されていたが、2013年にパリ市によって再建された］。

ルクソール
Louxor

170, boulevard Magenta, 10ᵉ / 地下鉄 Barbès-Rochechouart
01 44 63 96 96
www.cinemalouxor.fr
料金　9.50ユーロ　割引料金　7.90ユーロ

7

ベルティヨンの本店でアイスクリームを買った

　ペッシュ・ド・ヴィーニュ［ブドウ収穫期に実る赤紫色の果肉の桃］とパイナップルの季節だった。ブラックベリーやワイルドストロベリーもあった。そのなかから2種類を選んだ。どのフレーバーもおいしいから、どれでもいい。あと1ユーロ出してトリプルにすればよかった。明日また来よう。でも、次の日が8月だったらそうはいかない。楽しいことはいつまでも続かないものだから。シャーベットとアイスクリームで有名なこの店は、8月いっぱい休業してしまう。

ベルティヨン
Berthillon

29-31, rue St-Louis en l'Île, 4ᵉ / 地下鉄 Pont Marie
01 43 54 31 61
www.berthillon.fr
10:00〜20:00
月・火曜定休　8月休み

船尾を占拠

8

街明かりを楽しむためにバトー・ムーシュで「シャンパーニュ＋ドレスコード」の最強カードを切った

　セーヌ川のナイトクルーズ？　観光客じゃあるまいし。でも、スタッフからわたされた音声ガイドを、4つのイヤホンをつなげたiPodにかえて、乗船客たちに背を向けながら船尾を占拠するとしたら話は別だ。

バトー・ムーシュ
Bateau-Mouche

乗船所　アルマ橋のたもと / 地下鉄　Alma-Marceau
01 42 25 96 10
www.bateau-mouche.fr

9

ル・ボン・マルシェのラ・グランド・エピスリー（食品館）でかごを一杯にして楽しんだ

　たぶん、家で左岸流のおしゃれなディナーパーティーをするために、街の小さなスーパーを素通りしていく必要があったのだろう。でなければ、実現不可能と思われるようなレシピのために、よそでは買えない食材を買いに行ったのだ。ともあれ、それぞれの売り場で夢中になり、イタリアンフードのスタンドで時間をつぶし、地下1階のワインカーヴには自発的に迷いこんだ。そして、コキエット［シャンパーニュ］が高い値段で売られていたので、きっと最高のものにちがいないと思った。たしかにすばらしい味わいだった。

ラ・グランド・エピスリー・ド・パリ / ル・ボン・マルシェ・リヴ・ゴーシュ
La Grande Épicerie de Paris / Le Bon Marché Rive Gauche

38, rue de Sèvres, 7ᵉ / 地下鉄 Sèvres-Babylone
01 44 39 81 00
www.lagrandeepicerie.com
日曜定休　8:30〜21:00

ひげができた

10

国会議事堂裏のル・ブルボンで
夕日を浴びながら一杯飲んだ

　ある議事堂職員に教えてもらって以来、この「舞台裏のカフェ」が気に入っている。ウェイファーラー[レイバンのサングラス]をかけたいのに、紫外線がたりないと嘆くあなたは、真西の席にすわった。この席のためにウェイファーラーと同じくらい高い料金を払う覚悟はできている。審議から戻ってきたばかりのある議員に、ホップの泡でひげができてますよ、とはあえて言わなかった。

ブラッスリー・ル・ブルボン
Brasserie Le Bourbon

1, place du Palais Bourbon, 7e / 地下鉄 Assemblée Nationale
01 45 51 58 27
年中無休 11:30〜23:00

11

ポン・デ・ザールでピクニックをした

　食料と、3日前から冷やしておいた上物のロゼワインのかごをかかえてゆっくり歩くと、木の板でできた橋は足元で「ゴンゴン」と音をたてる。恋人どうしではなく、今日は友だちどうしだ。一番のりした友人は、こっそりと橋のフェンスに愛の南京錠をかけてから［いまは禁止されている］、両サイドにあるベンチのひとつを選んだ。プルミエール・プレション・プロヴァンスで買ったタプナード［ケーパー・黒オリーヴ・アンチョビで作るペースト］を塗るにも、夕日を見るにも、もってこいの場所だ。

メゾン・ブルモン1830［プルミエール・プレション・プロヴァンスから名称変更］
Maison Bremont 1830
www.maison-bremond-1830.com

・サン・ルイ島店
51, rue Saint Louis en l'Île, 4ᵉ / 地下鉄 Pont Marie
01 43 26 19 70

・サン・ジェルマン・デ・プレ店
8, Cour du Commerce Saint André, 6ᵉ / 地下鉄 Odéon
01 43 26 79 72

豚のカツレツにそそられた

12

カンドボルドがシェフをつとめる
ル・コントワール・デュ・ルレの
テーブル席にすわった

　当然のことながら、予約はできなかった。それでも土曜の早め（昼のピーク前）か遅め（このビストロノミーの殿堂の前に行列したあと）に、ようやく手に入れた席だ。豚のカツレツにそそられ、若鶏のローストで鶏の良さを見なおした。お腹一杯でもうデザートは食べられないと思っていたけれど、クレーム・オ・ショコラの小さなカップにとびついてしまった。隣の客の皿を見ながら、こう誓う。「つぎに来るときはテリーヌにしよう！」　そのうちに、アルコール度数15.5度のヴィエイユ・ジュリエンヌの小瓶ワインが効いてきた…。そこで、お隣のル・ルレ・サンジェルマン・ホテルのドアをそっとたたいてたずねる。ツインの部屋は空いていますか？

ル・コントワール・デュ・ルレ
Le Comptoir du Relais

9, carrefour de l'Odéon, 6ᵉ / 地下鉄 Odéon
01 44 27 07 97
www.hotel-paris-relais-saint-germain.com
年中無休　12:00〜23:00

13

ル・セレクトでヘミングウェイの『移動祝祭日』を読んだ

　親愛なるアーネストのために、グラス一杯の白ワインと、ニシンとポム・ア・リュイル（ジャガイモのオイル漬け）まで注文した。ル・ドーム、レ・ドゥ・マゴ、ラ・ロトンドも、彼にゆかりのあるカフェだ。

ル・セレクト
Le Select

99, boulevard du Montparnasse, 6ᵉ
地下鉄 Vavin
01 85 15 25 15
www.leselectmontparnasse.fr
年中無休　月～木・日 7:00～翌2:00、金・土　7:00～翌3:00

ル・ドーム
Le Dôme

108, boulevard du Montparnasse, 14ᵉ
/ 地下鉄 Vavin
01 43 35 25 81
menuonline.fr/le-dome
年中無休　12:00～15:00　19:00～23:00

レ・ドウ・マゴ
Les Deux Magots

6, place Saint-Germain-des-Pres, 6ᵉ
/ 地下鉄 Saint-Germain-des-Pres
01 45 48 55 25
www.lesdeuxmagots.fr
年中無休　7:30～翌1:00

ラ・ロトンド
La Rotonde

105, boulevard du Montparnasse, 6ᵉ
/ 地下鉄 Vavin
01 43 26 48 26
www.rotondemontparnasse.com
年中無休　7:30～翌1:00

プラトーの上の牛たちを
ひっくり返す

14

マルティーヌ・デュボワでチーズのプラトー（盛り合わせ）を注文した

　ハードチーズや、食べごろに熟成されたレ・クリュ（無殺菌乳）の外皮ごと食べられるソフトチーズ、そして香草できれいに飾りつけられたチロルのトムチーズに、猛烈な食欲がわいてしまった。さっきまで、プラトーの上には、型抜きされたミモレットの牛や、フリルのようなテット・ド・モワンヌが、スティルトンやカンタル・アントル・ドゥのあいだをぬうようにきれいに置かれていたのだったが。うめあわせに、招待した人たちに前菜をふるまった。

フロマジュリ・マルティーヌ・デュボワ
Fromagerie Martine Dubois

80, rue de Tocqueville, 17ᵉ / 地下鉄 Villiers
01 42 27 11 38
月曜定休
火〜木　9:00〜13:00、16:00〜20:00
金・土　8:30〜20:00
日　9:00〜13:00

15

午前3時にシェ・ドゥニーズで
2人前の牛リブロースをむさぼった

　幸いなことに、小食な人も豆腐マニアもいっしょではなかった。いずれにせよこの種の人たちには、百戦錬磨の肉食者たちの食べっぷりは衝撃的すぎただろう。レ・アルを照らす灯台のようなこの隠れ家レストランは、夜遅くにひどい空腹を覚えた人たちのためにある。働いて…あるいは愛し合ってお腹がすいてしまった人たちのために。

シェ・ドゥニーズ（ラ・トゥール・モンレリー）
Chez Denise-La Tour Montlhéry

5, rue Prouvaires, 1ᵉʳ / 地下鉄 Les Halles
01 42 36 21 82
土・日曜定休 12:00〜15:00、19:30〜翌5:00

「ネイキドネック」を
神妙に分け合う

16

ル・コク・リコでチキンの フライドポテト添えを見なおした

　子どものころを思い起こさせるおいしそうな匂いに誘われてはじめて来たときには、入口から見て左側の小さなテーブルに座った。4人掛けのテーブルに、卵をベースにした前菜と、ランド産の「ネイキドネック」の丸焼きが出てきた。焼き汁が別になっていて、みんなでとり分けて食べるのだ。こんがり焼き色のついた太いフライドポテトは、モンマルトルの丘をのぼってきてよかったと思わせてくれた。今回は、大きなロースターが見えるバーカウンターに座った。鶏の丸焼きが定番の店の、ちょっとした見ものだ。

ル・コク・リコ
Le Coq Rico

98, rue Lepic, 18ᵉ / 地下鉄 Lamarck-Caulaincourt
01 42 59 82 89
lecoqrico.com

17

セーヌ川のジョセフィン・ベーカー・プールで泳いだ

　春夏物の新しい水着をはじめて着る場所にここを選び、新しい日焼け止めクリームを塗った。泳ぎのあいまに、国立図書館が見えるサンルームのデッキチェアにすわることができたので、夏への期待感がいっそう高まった。

ジョセフィン・ベーカー・プール
Piscine Joséphine-Baker

quai François Mauriac, 13ᵉ / 地下鉄 Quai de la Gare
www.piscine-baker.fr

リンゴのタルトの12000ユーロを
とりもどせるだろうか？

18

ラスパイユのビオマルシェの値段をボイコットして庶民的な街を選んだ

　スノビズムも、ときには非常識の一歩手前で立ちとまる。「農薬ゼロ」という神聖不可侵のうたい文句に惹かれて、見た目は悪いけれど味の良いレネット［香りの強いデザート用リンゴ］に、あなたも一度は購買意欲をそそられたことだろう。セレブたちを顧客にもつあの野菜栽培者が作ったものだ。もし、17区のランス大通りで、同じものが3分の1の値段で売られていることをだれも教えてくれなかったら、まだ、6区の高額な平米単価でリンゴのタルトを作っているところだったかもしれない。

マルシェ・ビオロジック・ラスパイユ
Marché Biologique Raspail

boulevard Raspail, 6ᵉ / 地下鉄 Rennes
ビオマルシェは日曜のみ 9:00~15:00

マルシェ・ベルティエ
Marché Berthier

boulevard de Reims, 17ᵉ / 地下鉄 Porte de Champerret
水・土曜開催　7:00~14:30

19
野外映画を見るためにデッキチェアをひろげた

　たぶんもう10回は観て、10回は感動した映画だ。11回目は、ヴィレット公園かサン・クルー公園の草上で見ることになった。ポップコーンを食べる音は聞こえないけれど、シャンパーニュの栓を抜く音が聞こえた。

ラ・ヴィレット公園
Parc de la Villette

211, avenue Jean Jaurès, 19ᵉ / 地下鉄 Porte de Pantin
www.villette.com

サン・クルー公園
Parc de Saint-Cloud (Domaine national de Saint-Cloud)

92210 Saint-Cloud / 地下鉄 Boulogne Pont de Saint-Cloud
www.domaine-saint-cloud.fr

携帯電話をもたない幻たち

20

リップの、どちらかというと知った顔が近くにある１階の道路側の席で昼食をとった

　ここにやってきたのは、いかにも老舗らしいブラッスリーのメニューのためというよりも、幻の人たちの追っかけのためだ。ただ見てみたかっただけ。自分自身で確認したかっただけだ。2000年代のヴェルレーヌは1880年代のヴェルレーヌがいた席にすわれたのか、あの（脂肪分ゼロ％のフロマージュ・ブランしか食べない）女性流行作家は、ここでナプキンリングをはずして食事をするという快挙をなしとげたのか、といったことを。昔は、この店ではパイプをふかすことができなかった。今は、携帯電話の使用が認められていない。いずれにしても、あなたは丁重に２階へ案内された。１階がよかったのに！

ブラッスリー・リップ
Brasserie Lipp

151, boulevard Saint-Germain, 6ᵉ / 地下鉄 Saint-Germain-des-Prés
01 45 48 53 91
www.brasserielipp.fr

21

モスケ・ド・パリのサロン・ド・テで ミントティーを飲んだ

　モロッコのタンジールがなつかしくなったからなのか、それともハマム（蒸し風呂）とゴマージュ（垢すり）とマッサージのコースで、ハワイアナスのビーチサンダルを履くようにと友だちのヤスミンがしつこくすすめたからなのか、今となってはもう思い出せない。パリのモスクのパティオ（中庭）とモザイクの壁、オリエンタルなケーキとミントティーは、ようするに日常を忘れさせる役目をはたしていた。おまけに、肌がすべすべになったのだから、5区のまんなかにこの千一夜物語のような空間があってほんとうによかった。

グランド・モスケ・ド・パリ
Grande Mosquée de Paris

2 bis, place du Puits de l'Ermite, 5ᵉ / 地下鉄 Place Monge
01 45 35 97 33
www.mosqueedeparis.net

サシェ・ク・ル・サシェ、
サ・シャス（いいですか、
ティーバッグはなしですよ）

22

マリアージュ・フレールで好みの紅茶を買った

　たしかに好みの紅茶だけれど、いつも同じというわけではない。食品庫のなかで、「マルコポーロ」は生き残り、「テシュルルニル」(ナイルのお茶)は影がうすくなっている。あまりにも見慣れてしまったし、飲みあきた。今こそとりかえ時だ。カップも限定版の缶にあわせよう。秋になるといつもやってくる紅茶好きたちに強く印象づけなくては。紅茶ははかり売りかボトルで買う。ティーバッグはもってのほかだ。

マリアージュ・フレール
Mariage Frères
www.mariagefreres.com

・マレ店
30, rue du Bourg-Tibourg, 4e / 地下鉄 Hôtel de Ville
01 42 72 28 11

・左岸店
13 rue des Grands Augustins, 6^e
/ 地下鉄 Saint-Michel
01 40 51 82 50

・エッフェル塔店
56, rue Cler, 7^e
/ 地下鉄 Ecole Militaire
01 43 19 18 54

・カルーゼル・デュ・ルーヴル店
Carrousel du Louvre
99, rue de Rivoli, 1er
/ 地下鉄 Musée du Louvre
01 40 20 18 54

・エトワール店
260, Faubourg Saint Honoré, 8^e
/ 地下鉄 Ternes
01 46 22 18 54

23

カフェ・ド・フロールでコーヒーを飲んだ

　モレスキンの手帳を広げて、ナンパしにくる連中や、他人の視線を求めてやってくる人たちを笑うために。あるいは、テラスで気どっている女性たちをからかうために。でもなによりもまず、カフェ・ド・フロールに行ったとだれかに言うために。

カフェ・ド・フロール
Café de Flore

172, boulevard Saint-Germain, 6° / 地下鉄 Saint-Germain-des-Prés
01 45 58 55 26
www.cafedeflore.fr
年中無休

パリのハイラインが好き

24

クレ・ヴェルト（遊歩道）をたどって12区の西端まで歩いた

　この遊歩道(クレ・ヴェルト)はパリのハイラインだ［ハイラインはニューヨーク市のミートパッキング地区にある貨物線跡を再利用した空中歩道］。ドメニル界隈はミートパッキングとはほど遠いけれど（キロメートルの観点でいっているのではない）。ここでは自転車よりも歩く方が好ましい。楽しみが長続きするから。

クレ・ヴェルト・ルネ＝デュモン
Coulée verte René-Dumont

rue Édouard-Lartet から la Bastille まで, 12ᵉ / 地下鉄 Bastille

25

トゥルネル河岸でキスをした

　なんのまえぶれも説明もなく、一瞬のことだった。あなたの愛が、ノートルダムのようなお決まりの光景になってしまわないように。

トゥルネル河岸
Quai de la Tournelle

RER（B線）Saint-Michel Notre-Dame
地下鉄 Saint-Michel

パテ、義理の両親、良いワイン

26

カーヴ・オージェでワインを選んだ

　ふたりでさしむかいのとき、友人たちとテーブルを囲むとき、夫の両親に気に入られたいとき、失敗はしたくない。ラベルだけを信用したり、ボルドーとボージョレの区別も、特級ワインと安ワインの区別もつかないような店員にすすめられたりして、ワイン選びに失敗するのはもうたくさんだ。サン・トーギュスタンにあるこのカーヴで、あなたは幸せを見つけた。うれしいことにアドバイスも受けられる。使いこまれたリフトがあり、思わず手をのばしたくなる木箱がならんだこの店の外では、サラリーマンたちが樽の上でじかにパテを切りながら休憩している。

カーヴ・オージェ
Les Caves Augé

116, boulevard Haussmann, 8ᵉ / 地下鉄 Saint-Augustin
01 45 22 16 97
www.cavesauge.com
日曜定休　10:00〜19:30

27

ランジス市場に花を買いにいって牡蠣を食べるためのうまいやり方を見つけた

　事前にバイヤーカードが必要だった。これはまさにプロのカードであり、これがあれば格別の名誉として夜明けから「卸」の聖域に入ることができる。日がのぼるかのぼらないかのうちに園芸セクションに着くと、斜めに線が引かれている駐車場で、荷物を積んだばかりの2台の小型トラックのあいだに車を止めた。ひとかかえのカンパネラと、24鉢単位で売られているペチュニアのパレットを買ったが、ひとつだけ気がかりなことがあった。つまり本物のプロではない自分が目をつけられているのではないかということだ。でも、魚介セクションのカフェ「マ・ラ・マレ」で、1ダースほどのオレロン島産のマレンヌ牡蠣を前にしたら、もう気にならなくなった。野菜栽培業者のモーリスとジェレミーのあいだにいても、みんなにたりよったりだから。

ランジス市場
le Marché International de Rungis
バイヤーカードの購入　www.myrungis.com

毎月数回金曜日に、朝4時半から3時間ほどの公式見学ツアーがある。
完全予約制　Place Denfert-Rochereauからの送迎付き
www.visiterungis.com

ああブリュノ、あなたのポンチョ

28

ニュイ・ブランシュ（白夜祭）にパリの街をめぐり歩いた

　うぶな新入生だったあなたに、芸術学校のクラスメイトのブリュノが、ポンチョに手をおいて誓いをたててくれたから、あなたはまさにこのポンチョを「熱愛する」ことになった。ニュイ・ブランシュで、ネオンサインや音響装置（エンドレスに音楽が流れる）や積み重ねられたキューブにあなたの気持が傾くのを、彼が許してくれさえすればよかったのに。パリのニュイ・ブランシュ（白夜祭）は、なによりもまずひとつのコンセプトだ［ニュイ・ブランシュ（NUIT BLANCHE）はパリ市が毎年秋に開催する一夜かぎりの現代アートのイベント］。

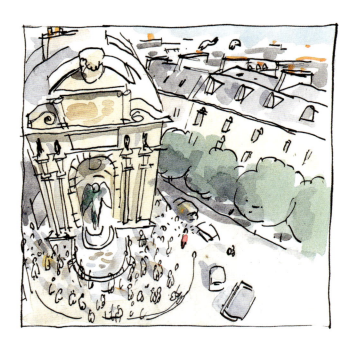

29

ノートルダム大聖堂前の広場もしくは
サン・ミシェルの噴水の前で待ち合わせをした

　同じ日の同じ時間に、ほかの人たちも待ち合わせをしているから、ことは簡単にはいかない。彼（彼女）を見つけられないと困ると思って、あらかじめ目印を決めてあった。水玉模様の傘、小脇にはさんだ新聞、片側で結んだスカーフ、そんなところだ。でも、あなたと同じような人が何十人もいた！　だから水玉模様の傘をふりあげながら彼（彼女）がやって来たとき、あなたもスカーフを同じようにふりあげた。彼（彼女）は、あなたが遅刻を悔やんで首つりのまねをしているのだと思った。肝心なのはお互いを見つけられたということだ。

ノートルダム大聖堂
Cathédorale Notre-Dame de Paris

6, Parvis Notre-Dame, 4e / 地下鉄 Cité

サン・ミシェルの噴水
Fontaine Saint-Michel

Place Saint-Michel, 6e / 地下鉄 Saint-Michel

きれいなヒップにさようなら

30
カーシェアサービス「オートリブ」の会員になった

　レンタル自転車「ヴェリブ」より楽をしたいからだって素直に認めなさい。

オートリブ
Autolib

www.autolib.eu/fr/

31

ペール・ラシェーズ墓地を散歩した

　歌手ジム・モリソンの胸像は、実物ほど美化されてはいない。作家オスカー・ワイルドの墓は、ファンたちがもうだれもキスできないくらい、キスマークのあとでいっぱいになっている。詩人アポリネールからシャンソン歌手ピアフへ、喜劇家ピエール・デプロージュからジャーナリストのピエール・ラザレフへと道をたどって散策するうちに、ここが墓地であることを忘れてしまう。ハリウッド大通りのウォーク・オブ・フェイムを歩くのとそれほど変わらなくなってくる。

ペール・ラシェーズ墓地
Cimerière du Père-Lachaise

16, rue du Repos, 20e / 地下鉄 Père-Lachaise

退場禁止

32

ポワン・ヴィルギュル劇場で大笑いした

それはこの喜劇劇場の舞台がほんとうにおもしろかったからなのかもしれないし、舞台がつまらなくて今夜は選択を誤ったと思ったからかもしれない。いずれにしても、劇場を途中で抜けだすのはむずかしい。

ポワン・ヴィルギュル劇場
Le Point-Virgule

7, rue Sainte-Croix de la Bretonnerie, 4^e / 地下鉄 Hôtel-de-Ville
01 42 78 67 03
www.lepointvirgule.com

33

夜中に秘密のホテルの部屋を借りた

「あなたの家、それともわたしの家?」 そのどちらでもない。バルコニーがあるけれど、向かい側から見られることのない部屋。その一番のメリットはあいびきができること。いつもと同じように、あるいははじめて借りた部屋。疲れをいやすためにぜひとも眠らなくては、などとは考えもしない。しかも働き者のふたりは、目を覚ましたパリの街へそっと立ち去るために、あらかじめホテル代を払っておく。

すみません、
ひとつ質問してもいいですか？

34

アメリ・プーランのことを考えながら
ルピック通りで
カフェ・デ・ドゥ・ムーランを探した

　クリシー大通りから、坂をのぼりきるまでもなかった。コショワ通りとぶつかったところで、まるで回想シーンのように、ヤン・ティルセンのメロディーにのってカフェが現われた。心の底でカフェのオーナーに同情した。いまだに物見高い連中の傍若無人なふるまいにつきあわされているなんて。でもすぐにこう思った。ジュネの映画の成功は、レモネードの値段と無関係ではないはずだと。パリは映画だけの街ではない。

カフェ・デ・ドゥ・ムーラン
Café des Deux Moulins

15, rue Lepic, 18ᵉ / 地下鉄 Blanche
01 42 54 90 50
年中無休

35

サン・マルタン運河でペタンクのあいまにアペロをとった

　この街のボボたちのやり方を観察したあとで、ある夏の晩、あなたも同じようにしたのだった。柳のかご、すりきれたエスパドリーユ、冷えた白ワイン、サツマイモのチップス。どんな細部も見のがしてはいなかった。ただし、ペタンクのゲームは賭けのためだった［ボボはブルジョワ・ボヘミアン、アペロはアペリティフのこと］。

サン・マルタン運河
Le Canal Saint-Martin
おもにパリ10区と11区を流れる全長4.55kmの運河

この上には自由がある

36

シャトレ・レ・アル駅の地下通路で迷子になった

　まるでおのぼりさんじゃないか！　わかりにくい案内標識と、出口表示の多さに悪態をつきながら、あなたはタクシーを呼びとめるために地上に出ようとしていた。でも出口がまだ見つからない…。ご幸運を祈ります。

シャトレ・レ・アル駅
Gare de Châtelet-Les Halles
［RERの駅。RERのA、B、D線が乗り入れ、メトロのシャトレ駅、レ・アル駅との乗りかえが可能。地下4階部分にコンコース、地下5階にホームがある。］

37

ポンピドゥー・センターのエスカレーターに乗った

　赤い腹に白い環節のいも虫みたいなこのエスカレーターに乗りこむのは、子どもっぽい遊びのようだ。内部を横から見ながら上がっていくと、行きつく先にはいつも驚きがあふれている。眺望がいいから、大気汚染のひどいときには、鉛色の空を嘆くことになる。

ポンピドゥー・センター
Centre Pompidou

Place Georges-Pompidou, 4ᵉ / 地下鉄 Rambuteau
01 44 78 12 33
www.centrepompidou.fr
火曜定休 11:00〜21:00　（施設により異なる）

チャン・チャン＋頭痛＋
きつねにつままれた感じ

38

ミケランジュ・モリトール駅で乗りかえそこねた

　10号線は油断してはいけないと警告されていた。どちら行きに乗っていても乗りかえそこねないように、上と下の矢印の「オートゥイユ」と「モリトール」をまちがえないように気をつけた方がいいよ、と。だから念を入れて、息づまるサスペンスの推理小説はずっと前に読みおえ、羊を数えるように駅の数を（頭の中で）数え、歯の欠けたアコーデオン奏者の演奏に耳をふさいでいた。でも遅かった！　ふたつのミケランジュ駅はもうすぎてしまっていた。シャルドン＝ラガッシュ（西から東行きの場合）、あるいはポルト・ドートゥイユ（東から西行きの場合）とホームに書かれている。しまった！　電車から降りると、縁日の回転木馬に乗っているみたいに頭がぼうっとした感じだった。その証拠に、ただでぐるっと一周してしまった［メトロ10号線は途中で分岐しているため、ミケランジュ・オートゥイユ駅とミケランジュ・モリトール駅はそれぞれ一方通行となっている］。

39

タン・フレールでアジア食材をどっさり買いこんだ

　自家製ボブン［ベトナムの米麺料理］を作るためというより、新鮮なマンゴーや海老のチップスが食べたかったから。迷宮のような店内を歩きなれた買い物客が、あなたのGPSの役割を果たしてくれる。そしてあなたは（またもや！）、けっして使わないであろう25膳入りの割り箸を買ってしまった。

タン・フレール
Tang Frères

48, avenue d'Ivry, 13ᵉ / 地下鉄 Porte-d'Ivry
01 45 70 80 00
月曜定休

トロットに鳥打ち帽をかぶって

40

冬の夜にヴァンセンヌ競馬場でトロットレースに賭けた

　一列にならぶ馬たちの吐く息で白くくもる競馬場を、投光機からの光がくっきりと照らしだす。あなたは観客として、この瞬間の特権をはじめて味わった。みんなよりあとからやってきた者の特権だ。まわりには、常連や、鳥打ち帽をかぶった玄人や、言葉を交わすこともなくこぶしをにぎりしめている男たちがいる。この時間には、ひづめの音も違って聞こえる。でも、心臓は昼間と同じくらいドキドキしている。

ヴァンセンヌ競馬場
Hippodrome de Vincennes
2, route de la Ferme, 12ᵉ / RER（A線）Joinville-le-Pont
www.letrot.com

41

モンテーニュ大通りを（パーキングメーター以外）
1サンチームも使わないで歩きまわった

　行く前からすでにわかっていた。だからこれは挑戦でもなんでもない。けれども、ディオールから、16センチヒールの女の子と腕を組んで出てきた、あのグレーのコートの男とあなたはそんなに違っているだろうか。あるいは、クロエのドアマンにあいさつされているあのパリジェンヌとそんなに違っているだろうか。そんなに違ってはいない。でも、あなたは抵抗するすべを知っていた。というより、自制するすべを知っていたのだ。また今度にしよう。ぐずぐずしていれば駐車違反取り締まりの補助婦警たちがまわってくる。駐車券はすぐに時間切れになる。あのマフラーを巻いたジャン＝ピエール・エルカバックが、ラジオ局ウーロップ1からモンテーニュ大通りまで出るまもないほどあっというまに［ジャン・ピエール・エルカバックは「ウーロップ1」の会長をつとめていたジャーナリスト。ラジオ局はモンテーニュ大通りと交差するフランソワ1世通りにある］。

クリスチャン・ディオール
Christian Dior

30, avenue Montaigne, 8ᵉ / 地下鉄 Franklin D. Roosevelt
01 40 73 73 73　www.dior.com
月〜土　10:00〜19:00　日曜定休

クロエ
Chloé

50, avenue Montaigne, 8ᵉ / 地下鉄 Franklin D. Roosevelt
01 47 23 00 08　www.chloe.com
月〜土　10:30〜19:00　日曜定休

魔法の呪文を覚えてる？
ああ、ゴマとかなんとか

42

クラブ・シレンシオで入店を拒否された…

　伝説のデヴィッド・リンチ監督に近づくことができると信じていた。魔法の手段、つまり定義のあいまいな「クリエーター」の血統書をかねた、年間840ユーロのメンバーズカードがなくても、カクテル「コスモポリタン」を注文して「フィンガーフード」を味わうことができると信じていたのに［クラブ・シレンシオは映画監督デヴィッド・リンチが設計等を手がけたナイトクラブ。同監督の映画「マルホランド・ドライブ」に登場する劇場と同名］。

シレンシオ
Silencio

142, rue Montmartre, 2ᵉ / 地下鉄 Bourse
01 40 13 12 33
www.silencio-club.com

43

子どもをつれてデパートのクリスマス・ショーウィンドーを見にいった

　いたずら小悪魔にふんしたネズミたちが降りてきたり、お姫様たちが踊ったり、子熊たちの一隊が見られるよ、と子どもたちに言ってあった。だから大喜びでついてきた。オスマン大通りの歩道は、ゆっくりと歩く大勢の人たちで埋めつくされていた。6つのショーウィンドーと200人の子どもたちに3つの台しかないので、他人を押しのけてでも上がれと言うしかなかった。ショーウィンドーのなかは、ぬいぐるみたちから、きらびやかな照明や高級磁器にいれかわり、いたずら小悪魔たちだけがまだ幻想の世界を演じていた。この地獄からやっと脱出したあなたは、「良かったでしょ？」と聞いてみる。沈黙が返ってくる。メリー・クリスマス、子どもたち！

プランタン・オスマン
Printemps Haussmann

64, boulevard Haussmann, 9ᵉ / 地下鉄 Havre Caumartin
01 42 82 50 00
www.printemps.com
日曜定休

ギャルリー・ラファイエット
Galeries Lafayette

40, boulevard Haussmann, 9ᵉ / 地下鉄 Chaussée d'Antin
01 42 82 34 56
www.galerieslafayette.com
日曜定休

歯みがきの武勇伝

44

明け方にバスもメトロもタクシーも送ってくれる人もなくて歩いて帰宅した

　長引いた夜のパーティーが終わったとき、メトロも深夜バスももう動いていない時間になっていた。あなたを家まで送ってくれるような人もなく（あなたのナンバー1の標的は辞退した）、たった12ブロックのためにタクシーを呼ぶのも気が引ける。だからくじけないように、羽根布団や歯みがきのことを考えながら、「だいじょうぶよ」と自分に言い聞かせた。

45

テュイルリー公園の池におもちゃの
ヨットを浮かべた

　もちろん、オスカーには根気よく説明した。おまえのヨットはリモコンで操縦するのではなく、棒でつついて走らせるんだよ、「パパが子どもの頃そうしたようにね」。このなつかしい遊びはつまるところ、少しは──おおいに──自分のためでもあったとママにうちあけた。

テュイルリー公園
Jardin des Tuileries

Jardin des Tuileries, 1er / 地下鉄 Concorde または Tuileries
01 40 20 90 43

「モナリザ」が縮んでなかった？

46

ルーヴル美術館で観光客の集団にまぎれこんだ

　「モナリザ」に微笑みかけてなんて小さいんだろうと思い、「民衆を導く自由の女神」を前にして誇らしく思い、ルイ14世のようなポーズをとるだけのために。

ルーヴル美術館
Musée du Louvre

rue de Rivoli, 1er / 地下鉄 Palais Royal-Musée du Louvre
01 40 20 50 50
www.louvre.fr
火曜定休　1月1日、5月1日、12月25日休館
9:00〜18:00（水・金9:00〜21:45）

47

ビュット・ショーモン公園のとある場所で
太極拳をしている人たちにでくわした

　たっぷりとしたズボンと運動靴をはいた彼らがあまりにも静かだったので、あなたは思わずハッとした。あなたには、不純な波動によるストレスがたまっていたから。

ビュット・ショーモン公園
Parc Buttes Chaumont

1, rue Botzaris, 19ᵉ / 地下鉄 Buttes-Chaumont
年中無休　入場無料

今夜は、ノー・ネームドロッピング
［ネームドロッピングは、有名人の名前
をさも親しげに引き合いに出して
自慢話をすること］

48

コメディー・フランセーズでポダリデスの舞台を観た

　ドゥニ・ポダリデスだ。兄で映画監督のブリュノではない。チケットを買う前に確かめておいた方がいい。よく覚えておくこと。そして、ヴァルテル家での次のディナーでは、ポダリデスの姓だけしか言わないようにする。才能のある人は、名前を言わなくてもわかるから。

コメディー・フランセーズ
La Comedie-Française

1, place Colette, 1er / 地下鉄　Palais Royal-Musée du Louvre
01 44 58 15 15
www.comedie-francaise.fr

49

革命記念日の消防士のダンスパーティーに行って踊った

　あなたは「ぜひ行かなくちゃ」と思って、ブランシュ通り（9区）の消防署に決めた。7月13日の夜、ブランシュ通り28番地の建物に張りわたされたトリコロールの小旗の下で、あなたは自分が「偏狭な保守派(ボブ)」になったような気がしてすこし不安だった。そして、DJがラ・コンパニー・クレオールやパトリック・セバスチャンのノリノリのヒット曲をかけないようにとりながら、いつもとちがう光景を大いに楽しんだ。毎年恒例のダンスパーティーで、この第7中隊の独身男性はカノジョを見つけることを期待し、女の子たちは消防士たちの腕の筋肉や真っ赤な消防車に目をうばわれる。あなたがポケットをさぐってとりだしたクジ券は、大当たりではなかったが、パリでまさに田舎のような楽しみを味わうことができた。

ブランシュ消防署
Caserne Blanche

28, rue Blanche, 9e / 地下鉄 Trinité-d'Estienne d'Orves
［パリ消防旅団はフランス陸軍に所属し、7月14日の革命記念日のパレードでは隊列の最後を飾る。その前夜には、各消防署でダンスパーティーが開催される。］

ボディーガードと
ヘアスタイルと深手

50

ファッションウィークにアナ・ウィンターに
あえて話しかけなかった

　あなただけでなく、ほかのだれも話しかけなかった。とくに、ヘアスタイルの仕上げ方をたずねたり、姪を「ヴォーグ」誌の見習いにしてほしいと頼んだりはしなかった。モードの花形スターである彼女は、ボディーガードたちを従えて、いつもの高慢さでホテル・コストから出てきた。「わたしに最初に話しかけたやつにかみついてやるから！」という雰囲気をかもしだしながら。でもほんとうは魅力的な人だというのはわかっていた［アナ・ウィンターはアメリカ版「ヴォーグ」誌の編集長。映画「プラダを着た悪魔」の編集長のモデルとなったといわれている］。

オテル・コスト
Hotel Costes

239, rue Saint-Honoré, Ier / 地下鉄 Concorde または Tuileries
01 42 44 50 00
hotelcostes.com

51

フィリップ・コンティシーニのパリブレストを たっぷり味わった

　デュラン家で長時間にわたってごちそうを出されたあとで（カリフラワーのポタージュ、リブステーキ、サン＝ネクテールチーズ）、あなたの胃はデザートを受け入れそうもなかった。でも、デュラン家の奥さまが出してくれた「ラ・パティスリー・デ・レーヴの小さなパリブレスト」は、他のケーキとは比べものにならないくらいおいしそうだった。褐色のふっくらとしたシューが王冠のようにならんでいるのを見て、ハチドリみたいに旺盛な食欲がわいてきた。ひと口食べて目を丸くした他の会食者たちがいうには、なかのふんわりした球体にプラリネのハートが隠れているとか。食べてみてあなたも納得した。映画「ロバと王女」に出てくる愛のケーキ（ケーク・ダムール）と同じくらいの力をもつスイーツだ。

ラ・パティスリー・デ・レーヴ
La Patisserie des Rêves

93, rue du Bac, 7ᵉ / 地下鉄 Rue du Bac
01 42 84 00 82
www.lapatisseriedesreves.com
月曜定休

もうろくしても幸せ

52

フュルステンベルグ広場のドラクロワの
アトリエに入った

　そして、こんな庭を見ながら制作できた彼をうらやましく思った。たとえもうろくしていても、だ。あなたは大枚をはたいて展示用のイーゼルや、ヤクの毛の絵筆を買った。でもインスピレーションがわかなくて未完成のままになったり、あるいは地方の小さな展示会に出す程度の絵しか描けなかった。もちろん、それもすべて緑がたりなかったせいだ。

ウジェーヌ・ドラクロワ美術館
Musée National Eugène Delacroix

6, rue de Furstenberg, 6ᵉ / 地下鉄 Saint-Germain-des-Prés
01 44 41 86 50
www.musee-delacroix.fr
火曜定休　9:30〜17:30（最終入場 17:00）

53

コンコルド広場を自転車で横断した

　かつて石畳を走っていた馬車の乗り心地を確かめたかっただけだ。右側優先でこわい思いをしながら、クリヨン伯爵邸［現在はホテルになっている］に貴族たちが集っていた華やかな時代をしのんだ。危険をものともしないあなたは、つぎはエトワール広場を走ってみるつもりだ。

コンコルド広場
Place de la Concorde

place de la Concorde, 8ᵉ / 地下鉄 Concorde

3Dの矛盾形容法

54

ロダン美術館の庭園で「地獄の門」を観た

　なぜならあなたはさまざまな立場の違いを認めてもらうために闘っていて、天国のような場所に置かれた地獄が、あえて困難な道を行こうとする者に感銘をあたえるから。ささやかな賛美者のあなたがロダンにまさっていることが、ひとつだけあるから。つまりロダンは完成したものをけっして見ることがなかったのだ。

ロダン美術館
Musée Rodin

79, rue de Varenne, 7ᵉ / 地下鉄 Varenne
01 44 18 61 10
www.musee-rodin.fr
月曜定休　1月1日、5月1日、12月25日休館

55

夜明けにモンソー公園でジョギングした

　春の朝7時に、公園に面した邸宅の切り石の壁を、朝日がひとつひとつよじのぼっていくのを自分の目で見て確かめた。初心者が知っておいた方がいいのは、ここではみんな反時計まわりに走るということ。そしてローラースケートのコース（狭い通路）では右側通行を守るということだ。

モンソー公園
Parc Monceau

35, boulevard Courcelles, 8ᵉ / 地下鉄 Monceau

ワンボックスカーが
規則を証明するとき

56

すべての運転手をののしったあとで愛想のいいタクシー運転手にいきあたった

　寒くて眠くて足が痛くて、しかもコリンヌとジャン＝フランソワの家での、あの味気ない夕食のあとで空腹だった。マラコフ［ヴァンヴに隣接するパリ郊外の町］でロフトに引きこもるとはご苦労なことだ。そう、車で来ればよかったのだ。いや、車の運転はできなかった。まあタクシーが止まってくれるだろう。ほら、向こうからやってきた。「ブルンブルン…」。向こう側のグレーのタクシーは？　「ブルンブルン…」。寒くて凍えそうだ。我慢には限度があり、下品な言葉には限度がなかった。するとそこにワンボックスカーがやってきて、石筍（せきじゅん）のようにカチカチになったあなたの腕と、低温化したあなたのフィアンセの前で止まった。ほんの10秒前までクソッタレのひとりだった運転手があなたにほほえみかける。「こんばんは！　すぐにお乗りくださいね、冷えますから」　感じのいいやつだった。

57

カレ・リヴ・ゴーシュの画廊で開かれた展覧会のオープニングパーティーに行ってきた

　あなたの名前が飾り文字で書かれた招待状を受け取ったら、さりげなくその芸術家にあいさつしなければならない。どの作品も自分の趣味と財力にみあっているかのように。ときとして戯画的なパリ風のこんな習慣が、ぬるいシャンパンと、小さなグラスに入ったディル風味のサーモンにとけてしまうかのようにふるまうのだ。

カレ・リヴ・ゴーシュ
Carré Rive Gauche

quai Voltaire, rue des Saints-Pères, rue du Bac, rue d l'Université, 7e / 地下鉄 Rue du Bac
［ヴォルテール河岸、サン・ペール通り、バック通り、ユニヴェルシテ通りの4本の道で囲まれた、高級アンティークショップやギャラリーが集まる地域。］

1260…1261…1262…
1263…1264…

58

エッフェル塔の上までのぼった

そして、階段を歩いて降りた。歩数計がないので、頭のなかで段数を数えながら降りた。子どもみたいに。

エッフェル塔
Tour Eiffel

Champs de Mars, 7ᵉ / 地下鉄 Bir-Hakeim
08 92 70 12 39
www.tour-eiffel.fr
年中無休

59

ブーローニュの森のアクリマタシオン公園で アヒルに餌をやった

　末っ子のおやつ袋のなかで、くずれて味が変わっていた2個のマドレーヌを、飼育係の注意にさからってあたえたのだから、ひどい話だ。

アクリマタシオン公園
Le Jardin d'Acclimatation

Bois de Boulogne, 16ᵉ / 地下鉄 Les Sablons
www.jardindacclimatation.fr
年中無休
入園料（3歳以上）3.50ユーロ

パウダースノーのない星空

60

フニキュレール（ケーブルカー）で
モンマルトルの丘にのぼった

　スキーウェアも、スキー板も、ゴーグルもなしでケーブルカーに乗るのはどんなものかを知りたかっただけ。ここではトロワヴァレー［3つの谷に5つのゲレンデがあり、1枚のリフトパスですべてのゴンドラ、リフトを乗り継ぐことができるフランスのスキーリゾート］のリフトパスは不要。地下鉄の切符があればことたりる。

フニキュレール
Funiculaire de Montmartre

place Suzanne Valadon, 18ᵉ / 地下鉄 Anvers
年中無休　6:00〜翌0:45

61

エッフェル塔が点滅するのを待った

　それまでは、いつも幸運な偶然が働いていた。週末にセーヌ河岸を通って帰宅する途中や、コンサート会場から出たとき、あるいは夕食後の遅い時間に自堕落なまどろみから覚めてベッドから起きたときにふと目にすることがあった。でもその夜は見ることができず、最初からあそこにいればこんな残念なことにはならなかったのにと思った。いや、あきらめるのはまだ早い。23時58分、ジョルジュ・サンク大通りを下り、シェ・フランシスのテラス前で速度をゆるめる。23時59分、信号が青に変わってもあわてない。ゆっくりと時間をとる。午前零時にアルマ橋の上にいれば、エッフェル塔はあなただけのために輝く。5分間がまたたくまにすぎる。［エッフェル塔の点滅は日没から深夜1時まで、毎正時ごとに約5分間続く］。

シェ・フランシス
Chez Francis

7, place de l'Alma, 8ᵉ / 地下鉄 Alma-Marceau
01 47 20 86 83
年中無休

手帳の中の大河

62

オルセー美術館でゴッホの「星月夜」を鑑賞した

　だれもが手帳のどこかの日付に、この絵のポストカードをはさんだことがあったはず。そして、ずっとあとになってから知るのだ。モネがセーヌ川を描いたように、この独創的な絵は、ローヌ川を描いたものだということを。

オルセー美術館
Musée d'Orsay

62, rue de Lille, 7ᵉ / RER（C線）Musée d'Orsay
01 40 49 48 14
www.musee-orsay.fr
月曜定休　9:30〜18:00（木曜は21:45まで）

63

ペニッシュ（平底船）の上でダンスをした

　フレアドレスで、あるいはエレガントに胸を開けたシャツで。どうせなら左岸がいい。リトルネロの音楽で、今年もまた革命記念日の消防士のダンスパーティーに行きそこねたことを忘れるために（49を参照）。

ペニッシュ
Péniche

［セーヌ川に浮かぶペニッシュ（平底船）は、住居や仕事場、カフェやレストラン、劇場やパーティー会場などとして使われている。セーヌ川での水上生活にあこがれる人も多い。］

わたしこそ、
この勲章にふさわしい

64

メダル店バックヴィルで自分に
レジオンドヌール勲章を奮発した

　昔からメダルや勲章を製造してきたバックヴィルは、ひとりならずの男性たちの欲求不満を解消してきたにちがいない。そしてあなたを初めとする少年たちの願望をおおいにかなえてきたはずだ。あなたは、レジオンドヌールの大十字勲章(グラン・クロワ)と、赤い薔薇飾りの「略綬」まで買って店を出た。晩餐会で自分が叙勲者だというためにあなたに欠けているのは、あつかましさだけだ。

バックヴィル
Bacqueville

6-7-8, Galerie Montpensier
Jardin du Palais Royal, 1er / 地下鉄 Pyramides または Palais Royal-Musée du Louvre
01 42 96 26 90
www.bacqueville-medailles.com
土・日曜定休 9:30〜17:30

65

革命記念日のシャンゼリゼのパレードを見学した

　純粋主義者であるあなたは軍隊と純白のケピ帽に弱い。大統領の隊列が通過するのを、あなたは熱烈なファンのように、つま先立ちで見ていた。フランス空軍のアクロバットチーム「パトルイユ・ド・フランス」のアルファジェットが通過するときは、子どものように「おおおーーー！！！」と声をあげた。そして来年も同じあやまちをくりかえすことだろう。ただし今度はテレビの前で。

I feel pretty / Oh so pretty
［ウエストサイド物語の歌詞］

66

シャトレ座でミュージカルを観た

　自分に正直になろう。ブロードウェイのファンとして、あなたは偉大なボブ・フォッシーが演出する舞台のような、厳密な振付、1000回公演を祝うオーケストラ、スパンコール、整髪用ポマード、一座の人々といったものを期待していた。パリのモガドール劇場ですでに3回も観た「マンマ・ミーア！」や「ライオン・キング」に匹敵する偉大な芸術を期待していた。でも「リトル・ナイト・ミュージック」や「マイ・フェア・レディ」や「ウエストサイド物語」のおかげで、あなたはかろうじてエクスタシーに近づきつつある。頑張れ、あとひといき。

シャトレ座
Théâtre du Châtelet

1, place du Châtelet, 1er / 地下鉄 Châtelet
01 40 28 28 28
chatelet-theatre.com

モガドール劇場
Théâtre Mogador

25, rue de Mogador, 9e / 地下鉄 Trinité d'Estienne d'Orves
01 53 33 45 30
www.stage-entertainment.fr/theatre-mogador

67

パレ・ロワイヤル広場のオトニエルの作品のある出入口から地下鉄に入った

　うっとりと眺めていられる時間ではなかったが、あなたはもう少しここにとどまって地下鉄を1本見送るほうを選んだ。昼と夜を表すカラフルなガラス玉のおかげで、ここがあなたのお気に入りの駅になった。今では、右岸での待ち合わせはいつもここでしている。

パレ・ロワイヤル・ミュゼ・デュ・ルーヴル駅
Palais Royal-Musée du Louvre

［フランスの現代アーティスト、ジャン゠ミシェル・オトニエルの作品「夢遊病者のキオスク」がメトロの出入口を飾っている。］

バゲットをおばあちゃんに
［バゲットにはパンのほかにタクトと
いう意味もある］

68

シャンゼリゼ劇場でベルリンあるいはウィーンのフィルハーモニーを聴いた

　もし「本国で」その演奏を聴く機会がすでにあったら、繰り返しになる。でもその夜は、CDで聴く協奏曲よりも、はるかに忘れがたい時間になると祖母にうけあった。そして愛する彼女にも、指揮者によってすばらしい音楽がかなでられる夜を約束した。

シャンゼリゼ劇場
Théâtre des Champs-Élysées

15, avenue Montaigne, 8ᵉ / 地下鉄 Alma-Marceau
01 49 52 50 50
www.theatrechampselysees.fr

69

アンヴァリッドの中庭で「ラ・マルセイエーズ」が鳴り響くのを聞いた

　軍楽隊によって完璧に演奏されたフランス国家は、あなたの心を感動で満たし、ひさしぶりに愛国心を覚えさせた。もしあなたひとりだったら、劇場で役者たちにするみたいに、拍手喝采してブラスバンドを呼びもどしていただろう。

アンヴァリッド
L'Hôtel des Invalides

129, rue de Grenelle, 7ᵉ / 地下鉄 La Tour Maubourg

今夜はハーブティー！

70

パレ・ロワイヤルのエルボリストリ（ハーブ薬局）に入ってたくさん質問した

　思い切って店に入る前は、カモミールとマジョラムの区別もつかず、サクランボの花柄［利尿作用があるとされる］と干し草もほとんど見分けられなかった。今夜は、メリッサとオレンジの花の鎮静作用でよりよい眠りに落ちるだろう。

エルボリストリ・デュ・パレ・ロワイヤル
Herboristerie du Palais Royal

11, rue des Petits Champs, 1er / 地下鉄 Palais Royal-Musée du Louvre
01 42 97 54 68
www.herboristerie.com
日曜定休　10:00〜19:00

71

シャンゼリゼのロン・ポワンにあるパリで最も古いギニョール劇場に子どもをつれていった

　舞台の外から聞こえる録音された声には、ギニョールの発祥地であるリヨンのなまりはまったくない。シナリオも時代とともにかなり軽いものになっていて、字幕で説明してくれたらいいのにと思うほどだ。人形たちのニスにはひびが入り、人形使いたちはマグネシウム治療の必要がありそうだった。それでも、鐘の音の合図でベンチに腰掛けた子どもたちは、人形の憲兵が歩きまわるときはかならず、「きをつけてー！」と叫ばなければならないと思っている。こんな珠玉の時間が、ひとりにつき4ユーロとは、ただみたいなものだ。

シャンゼリゼ人形劇場
Théâtre Guignol des Champs Élysées

Rond-Point des Champs-Élysées, avenue des Champs-Élysées, 8e / 地下鉄 Franklin D. Roosevelt
01 42 45 38 30

銀行口座のレクイエム

72

無駄なものをたくさん買いこんでコレットを出た

　それでもなにかえられるものはあるだろう。破産しても教訓はえられる。だから、サントノレ通り213番地にある青い日よけの店まで出かけたのだ。あちこちで、スレンダー美女、オタク、彼氏がいないか彼氏とうまくいっていない娘さん、カワイイファッションの日本の女の子、キャサリン妃みたいな水玉ドレスの若いママとすれちがった。あなたは、せっかく来たのだからと、Codevi［貯蓄口座］のことはあきらめた。そして、瓶入りのミネラルウォーターと、ラインストーンのiPhon用カバー、ゾウのババールのキャンディボックス、オリーヴオイルのミニチュアボトル5本、「全身に働きかける」ブレスレットを買った。それを全部、青い丸印のついたきれいな袋に入れて、それでおしまい。満足した？

コレット
Colette

213, rue Saint-Honoré, Ier / 地下鉄 Tuileries
01 55 35 33 90
www.colette.fr
日曜定休

73

下水道のにおいを嗅いだ

　地表では、排水溝がごぼごぼと音を立てて雑巾をはきだす。地下ではその日、物事の裏側を知りたくなったあなたが、アルマ橋から、いくつかのトンネルを歩いてさかのぼっていた。パリはいやなにおいがする。ほんとうだ。

下水道博物館
Musée des Egouts de Paris

Pont de l'Alma、93, quai d'Orsayの正面 / 地下鉄 Pont de l'Alma
01 53 68 27 81
木・金曜定休　11:00〜17:00（10〜4月は16:00まで）
ガイドツアーは要予約

歯のない雌鶏の素朴さ

74

ル・ヴォルテールでウフ・マヨネーズに90サンチーム支払った

　安かろう悪かろうではないかを確かめるためだ。黄身と白身に生野菜もそえられていた。まさにシンプルさのために闘う反逆者だ。ただし、雌鶏に歯が生えることはけっしてないけれど、景気が悪くなって価格が高騰する日がけっしてこないかどうかはわからない。

ル・ヴォルテール
Le Voltaire

27, quai Voltaire, 7^e / 地下鉄 Rue du Bac
01 42 61 17 49
日・月曜定休

75

メジスリ河岸のペットショップですぐに子犬を買いたくなった

　あなたの恋愛は生まれる前に消え失せ、あなたの友だちは去ったまま戻ってこない。アズナヴールのシャンソンのように、あなたは見捨てられた街でひとり年の瀬を迎えるのだと嘆いている。アクリル樹脂のケージの中で、人工わらにお尻をのせたラブラドールの子犬は、あなたの部屋のソファーによく似あいそうな色で、自分のご主人さまとの出会いを待ちわびている。それがあなただとしたらどうします？

メジスリ河岸
Quai de la Mégisserie

地下鉄 Châtelet または Pont Neuf
［メジスリ河岸はペットショップや園芸店が多いことで知られている。］

命令に従ってくださるよう
お願いします

76

エリゼ宮の歩道を歩いてみたら、警備員に追い払われた

　まるで、バッキンガム宮殿の前で衛兵をむりやり笑わせようとした前科があるかのようにだ。まったくばかげているが、抵抗はできない。こういう挑発的言動が、向かいの歩道側の上品な住民たちをいらだたせているのだからなおさらだ。

エリゼ宮（大統領官邸）
Palais de l'Élysée

55, rue du Faubourg Saint-Honoré, 8ᵉ / 地下鉄 Champs-Élysées-Clemenceau
01 42 92 81 00
www.elysee.fr
［毎年9月のヨーロッパ文化遺産の日に一般公開される。］

77

ドルオーのオークション会場で（そこそこの）競り値をつけた

　場ちがいなときに頭を動かしたりしないように気をつけよう。競売吏はオオヤマネコのように目ざといから、ルイ15世時代のドレッサーを前にして、ささいなミスも素人には致命傷になりかねない。

ドルオー
Drouot
9, rue Drouot, 9ᵉ / 地下鉄 Richelieu-Drouot
01 48 00 20 20
www.drouot.com

ベルナデットの大いなる喜び

78

気の短い駐車違反取り締まりの補助婦警に やさしい目を向けた

　そうするしかなかった。なぜなら「5分間だけ」しか止めてはいけないところに駐車していたからだ。そこから5分超過したので、ベルナデットがあなたに料金を支払わせるために、あなたとあなたの3ドアへととんできた。もちろん笑顔で。

79

フラン・ブルジョワ通りで日曜日のショッピングとしゃれこんだ

　スタンスミスのスニーカーを履いたある友人夫婦が、アルシーヴ地区でブランチの会を開いてくれたが、それは多少なりとも誘惑の種となった。彼らの住まいの階下は「すっごく感じがいいお店ばかり」とほめそやすものだから、手ぶらで帰るわけにはいかなくなってしまったのだ。まあすくなくとも、日曜日の残りの時間をつぶすことはできそうだ。それで、トレンディなそぞろ歩きをして、他のどこでも売っていないような（それはそうだろう！）蛍光ピンクのポリ塩化ビニル製の一輪差しを持ち帰ることになった。

フラン・ブルジョワ通り
Rue des Francs-Bourgeois
［マレ地区にある通りで、3区と4区の区境となっている。偶数番地が3区側。奇数番地が4区側。］

カブをパイ生地で包んだ
カルゾーネはいかが？

80

シャンゼリゼで良い映画を観て、まずいピザを食べた

　それが悲しい現実だ。要するに画竜点睛を欠くということ。でもあの晩、色あせた日よけと露天の八百屋があるピザ・ピノを無視して、ラ・メゾン・ド・ロブラックのタルタルステーキを選んだのは正解だった。ラ・メゾン・ド・ロブラックは、この界隈でいちばんおいしい「腹ごしらえの店」だ。

ピザ・ピノ
Pizza Pino

31-33, avenue des Champs-Élysées, 8ᵉ / 地下鉄 Franklin D. Roosevelt
01 40 74 01 12
www.pizzapino.fr

ラ・メゾン・ド・ロブラック
La Maison de l'Aubrac

37, rue Marbeuf, 8ᵉ / 地下鉄 Franklin D. Roosevelt
01 43 59 05 14
www.maison-aubrac.com

81

サクレ・クール寺院前の階段で夜明けを待った

　できればハワイのマウイ島のハレアカラ山がよかった。ようするにもっと空気がきれいなところで、灰色ではなくオレンジ色の夜明けを見たかった。でも、ロマンティックな気分になったあなたは、太陽がのぼってくるのを静かに楽しもうと思っていた。そのとき、ギターと幻想をかかえたビート族スタイルの5人の青年たちが、あなたより2段上の階段に腰をすえた。彼らもまた景色の一部となっているようだ［ビート族というのは、50年代後半から60年代にアメリカの文学界で伝統的価値や生活様式に反抗した作家や詩人たち（ビートニク）にならって、奇異な服装や振舞で既成道徳に反抗する青年男女たちのこと］。

サクレ・クール寺院
Basillique du Sacré Coeur

35, rue du Chevalier-de-la-Barre, 18ᵉ / 地下鉄 Anvers
01 53 41 89 00
www.sacre-coeur-montmartre.com

ソフィーのスカートの下で

82

カフェ・ジェルマンの2階で一杯飲んだ…

　…そして妻に、「ソフィー」と名づけられたグザヴィエ・ヴェイヤンの巨大な黄色い彫刻を、2度（1階と2階で）見せて、腰を抜かさせたかったのだ。あとは、あなたがささえてあげて。

カフェ・ジェルマン
Café Germain

25-27, rue du Buci, 6ᵉ / 地下鉄 Saint-Germain des Prés
01 43 26 02 93
germainparis.com
年中無休　10:00〜翌2:00

83

パレ・ド・ラ・デクヴェルト（発見の殿堂）で髪の毛がさかだつ体験をした

「はい、そこのあなた！」 あなたは参加型のショーをひどくおそれていた。なのに指名されてしまった。観客と7歳のわが子に背中を押されて、一も二もなく小さな階段桟敷の段を駆け降りなければならなかった。そして「高圧」が実際にどんなものかをみんなに見せるのだ。ヴォルテージの高まった雰囲気の中で、あなたはブルブルしていた…

パレ・ド・ラ・デクヴェルト
Palais de la Découverte
avenue Franklin D. Roosevelt, 8e / 地下鉄 Champs-Élysées-Clemenceau
www.palais-decouvert.fr
月曜定休　1月1日、5月1日、7月14日、12月25日休業

暑い？　わたしが？　全然

84

8月をパリですごした

　4、10、11、16、17、19、23、24、25、33、35、37、46、51、53、55、59、63、81、87、97、99 などの理由で。

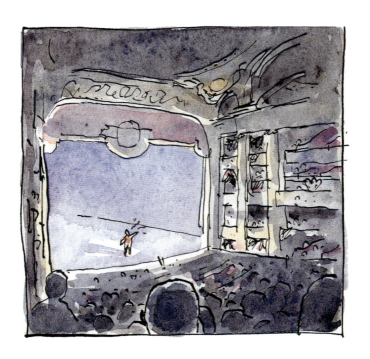

85

オペラ・ガルニエでオペラを観た

　オペラ・ガルニエでのオペラはめずらしいものになっている。いつかオペラ・バスティーユでしかオペラが演じられなくなるかもしれない。そのときになって後悔しても遅いから。

オペラ・ガルニエ
Opéra Garnier

place de l'Opéra, 9ᵉ / 地下鉄 Opéra
08 92 89 90 90
www.operadeparis.fr

オペラ・バスティーユ
Opéra Bastille

place de la Bastille, 4ᵉ / 地下鉄 Bastille
01 71 25 24 23
www.operadeparis.fr

街娼たちの蒸発

86

サン・ドニ通りで、金銭ずくの愛の殿堂にもう昔の面影がないことを確かめた

　ある夜、どんちゃん騒ぎで酔っぱらったおじのアンリは、ふしだらなヴィヴィアンヌの腕とシーツにくるまれて童貞を失ったのだった。秘密の肉体的快楽の中心地はその後、移動してしまった。今ではここで、流し目にミニスカートの女の子を見つけることはできない。その代わり、通りに数えきれないほどならんでいる携帯電話ショップで、5ユーロの携帯電話カバーを買った。

サン・ドニ通り
Rue Saint-Denis
［1区のリヴォリ通りから、2区のサン・ドニ大通りまで延び、セバストポル大通りと並行している。パリで最も古い通りのひとつ。］

87

リュクサンブール公園で小説を一冊読みおえた

　最初から意図したわけではないが、まあほとんどそのつもりで出かけていった。夏向きの小説の最後の章を、リュクサンブール公園で読みおえるのは、エゴイスティックなぜいたくだ。あなたは公園に着いてから長いこと、空いているベンチを物色していた。緑色で、どちらかといえば背もたれが斜めになっている方がいいい。池には近づきすぎないように気をつけた。警備員の笛の音が耳につくから。そして、「FIN（完）」という文字が現れたそのとき、ほこりっぽい砂利の匂いがして、にわか雨が地面を濡らしはじめた。

リュクサンブール公園
Jardin du Luxembourg

Jardin du Luxembourg, 6ᵉ / 地下鉄 Odéon

音楽のない椅子とりゲーム

88

たまたまディヴァン・デュ・モンドのコンサートに行くことになった

　あなたはちょうど、バー「ラ・フルミ」のカウンターにいて、ピーナッツから白ワインのソーヴィニョンのグラスへと手を動かしていた。カンタンとベランジェールはどうしてそのとき、あなたに道路を横断させようと思ったのか。それは、iTunesやDeezer［定額制の音楽ストリーミングサービス］という言葉が野暮とみなされる音楽の巣窟で、リアーナやダフト・パンクといったミュージシャンとは異なる分野の音楽に、あなたを目覚めさせるためだ。

ル・ディヴァン・デュ・モンド
Le Divan du Monde

75, rue des Martyrs, 18e / 地下鉄 Pigalle
01 40 05 08 10
www.divandumonde.com

ラ・フルミ
La Fourmi

74, rue des Martyrs, 18e / 地下鉄 Pigalle
01 42 64 70 35

89

蚤の市でアール・デコにあこがれた

　パリに隣接するサン＝トゥアン市のクリニャンクールの蚤の市で、強化ガラスのウォールランプや、ふっくらした肘掛のある椅子、楡のこぶのコンソールテーブルが優美さを競っているときに、セルペット地区やポール＝ベール地区の路地を歩いたら、きっとそんな気分になるはずだ。あなたの奥さんは70年代ものに目がない。だから途中で合流することにした。あなたが選んだのは、車（停めた場所が悪かったために駐車違反の紙が留められていた）のトランクに収まらない、2脚組の50年代の肘掛椅子だった。

クリニャンクールの蚤の市（セルペット地区、ポール＝ベール地区）
Marché aux puces de Clignancourt

avenue de la Porte de Clignancourt, 18e / 地下鉄 Porte de Clignancourt
土・日・月曜開催

トランスのある
（そしてトランスのない）ダンス

90

ラ・スカラに不満を感じて、
ビュス・パラディウムにのりかえた

　昔はこうじゃなかったという過去賛美者たちへのお知らせ。サブリナと、彼女のとりまきダンサーたちと彼女の濡れたTシャツは、場所を移動しました。「本気で」踊るために、フォンテーヌ通り6番地にお越しいただきありがとうございます。

ビュス・パラディウム
Bus Palladium

6, rue Pierre Fontaine, 9ᵉ / 地下鉄 Pigalle
01 45 26 80 35
www.lebuspalladium.com

91

超高級ホテルのスパでのんびりすごした

　友人のクリスチャンは離婚後すっきりと体重を落とした。それ以来、自宅に一番近い5つ星のデラックスなフィットネスセンターに通いづめだ。週に1度、トレーニングマシンとスウィミング、マニキュアをセットにしている。それほどリッチでもなく、アストンマーティンに乗っているわけでもないあなたは、年に2度、魔法にかけられて魅惑的な女になるだけでも満足するだろう。ここのスポンジサンダルがより柔らかくて、タオルがより白くて、クリームがより効果的で、手の動きも時間の流れもより心地よいのはなぜなのか。それは決して説明のつかないことだ。

オテル・ル・ムーリス　Hôtel Le Meurice
228, rue de Rivoli, 1er / 地下鉄 Tuileries / 01 44 58 10 10

マンダリン・オリエンタル・パリ　Mandarin Oriental Paris
251, rue Saint-Honoré, 1er / 地下鉄 Concorde / 01 70 98 78 88

オテル・ルテシア　Hôtel Lutetia
45, boulevard Raspail, 6e / 地下鉄 Sèvres Babylone / 01 49 54 46 46

フォーシーズンズホテル　ジョルジュサンク・パリ　Four Seasons Hôtel George V
31, avenue George-V, 8e / 地下鉄 George V / 01 49 52 71 10

オテル・ル・ブリストル・パリ　Hôtel Le Bristol Paris
112, rue du Faubourg Saint-Honoré, 8e / 地下鉄 Miromesnil / 01 53 43 43 00

オテル・プラザ・アテネ・パリ　Hôtel Plaza Athénée Paris
25, avenue de Montaigne, 8e / 地下鉄 Alma-Marceau / 01 53 67 66 65

オテル・ロワイヤルモンソー・パリ　Le Royal Monceau-Raffles Paris
37, avenue Hoche, 8e / 地下鉄 Charles de Gaulle Étoile / 01 42 99 88 00

シャングリラ・ホテル・パリ　Shangri-La Hôtel Paris
10, avenue d'Iéna, 16e / 地下鉄 Iéna / 01 53 67 19 98

パリには
叫び声をあげる理由がある

92

パルク・デ・プランスでPSG（パリ・サンジェルマンFC）の試合を観戦した

　でも、その前に、モリトール・プールの裏で苦労して（まちがった）駐車場所を見つけ、つぎは地下鉄で来るとちかい、公園に向かったものの、サンドイッチを忘れたことに気づいて車までUターンし、また公園に向かい、サポーターのマフラータオルに顔をひっぱたかれ、あらゆる柵を乗り越えてスタンド席によじのぼり、成型プラスティックの椅子に腰を下ろして隣の人のスコアシートを盗み見た。すばやく状況をのみこんで、やっとチームのスローガンを叫んだ。「ICI C'EST PARIS！（ここがパリだ！）」

パルク・デ・プランス
Le Parc des Princes

24, rue du Commandant Guilbaud, 16ᵉ / 地下鉄　Porte de Saint-Cloud
01 47 43 71 71
www.leparcdesprinces.fr

93

サン・トゥスターシュ教会でパイプオルガンを聴いた

　望外の喜びだった。日曜の午後遅く、ろうそくに火をともすために教会内に入っていたときのことだ。すぐにはその音色——バッハかラヴェルかプロコフィエフか——が聞き分けられなかったが、つかのまのコンサートに心を奪われた。せいぜい30分（パイプオルガン奏者は若くはなかった）のことだったが、この上なく幸福な30分だった。

サン・トゥスターシュ教会
Église Saint-Eustache de Paris

2, rue du Jour, 1er / 地下鉄 Les Halles
01 42 36 31 05

「ラ・リュルヴァールと
ル・ブルリュ」、1幕の悲劇

94
クールセル通りとクールセル大通りを混同した

　よくあることだ。あなたにかぎった話ではないが、採用面接、結婚式、誕生会、お通夜、林間学校の待ち合わせ、アパルトマン訪問など、まちがってはいけないときにかぎってやってしまうのだ。とりわけ都会の孤独を感じる瞬間だ。

クールセル通り
Rue de Courcelles
［8区と17区を横断する全長2325メートルの道路。ポール＆ジョーシスター（Paul & Joe Sister）、サンドロ（Sandro）、マージュ（Maje）などのショップが軒をつらねる。］

クールセル大通り
Boulevard de Courcelles
［奇数番地側が8区、偶数番地側が17区となっている全長1160メートルの道路。沿道にモンソー公園がある。］

95

パレ・ド・トーキョーで現代アートを
理解しようとした

あなたは何度もそこに足を運ばなくてはならなかった。
なんだかそんな気がする…

パレ・ド・トーキョー
Palais de Tokyo

13, avenue du Président-Wilson, 16ᵉ / 地下鉄 Alma-Marceau
01 81 97 35 88
palaisdetokyo.com
火曜定休　1月1日、5月1日、12月25日休館

植物の得意技

96

午前2時に大いそぎでエリフルール（24時間営業）の花束を買った

　これがなかったら、妻にドアを閉められ、玄関マットの上で寝袋に入り、ヴェネツィアで撮ったふたりの写真は引きちぎられただろう。これがなかったら、友情が終わり、フェイスブックのPoke（あいさつ）も減り、黒のミニドレスを貸してくれる人ももういなくなっただろう。これがなかったら、親子げんかがこじれて、「お母さんに電話しなさい！」と父親から声をひそめた電話をもらっただろう。バラの花束、ブーケ、新種のラン、それですべてがまるくおさまった。

エリフルール
Elyfleur

82, avenue de Wagram, 17ᵉ / 地下鉄 Wagram
01 47 66 87 19
www.elyfleur-paris.com
年中無休　24時間営業

97

大観覧車のチケットを買った

　この手のアトラクションが大好きというわけではない。むしろめまいがするくらいだ。それでも、高いところから見ると、オベリスクも、国会議事堂も、グラン・パレも、うっとりするほど魅力的だ。それに、天に向かって——天にいちばん近いところで！——だれにも邪魔されずに祈ることができた。どうかゴンドラがもちこたえますように。頂上の静止が長く続きませんように。そう願っていたら、願いがかなった！

コンコルド広場の大観覧車
Grande Roue de la Concorde

place de la Concorde, Ier / 地下鉄 Concorde
[毎年11月から翌年2月までコンコルド広場に設置される大観覧車は、年末年始のパリの風物詩となっている。夏には、となりのテュイルリー公園に移動遊園地が設けられる。]

いちかばちか

98

不思議のメダイ教会で祈りをささげた

　あなたのため、あるいはあなたの家族のために。「ここならきっとご利益があるから」とモニクおばさんが何度もすすめたから。だから、ランプをこするアラジンのように願いをこめて、小さなリンネル紙にていねいに文字をつづった。ここでは、聖母の足元に置かれたかごが、ランプの精の役をつとめている。願いがかなうかどうかは神のみぞ知る。

不思議のメダイの聖母の聖堂
Chapelle Notre Dame de la Médaille Miraculeuse

140, rue de Bac, 7ᵉ / 地下鉄 Sèvres-Babylone
01 49 54 78 88
www.chapellenotredamedelamedaillemiraculeuse.com
年中無休

99

テルトル広場で似顔絵描きとモデルを
からかった

　ハトたち（本来の意味でも、［だまされやすい人という］比喩的意味でも）が集まってくる椅子にすわって、売れない画家たちにあえてポーズをとっている客が、あなたにはマゾのように思えてしかたがなかった。なんとまあ。カリフラワーみたいな耳に、ラクダのとがった口と、ウサギの歯を描いてもらって50ユーロだなんて。なにかのまちがいじゃないの。

テルトル広場
Place du Tertre

地下鉄 Abbesses
［パリ18区のモンマルトルの丘にある広場。観光客の似顔絵を描く画家たちが多く集まっている。］

長い柄のパイプ
［北アメリカ先住民の平和の象徴］
のために数珠つなぎ

100

タバコを求めて夜更けに
ピュブリシス・ドラッグストアにとびこんだ

　3日前に禁煙を誓ったのに飼い猫が死んでしまったからか、それとも管理人を非難する勇気がなかったからか。あるいは、ただ単にこのガス欠を予測していなかったからだろうか。このドラッグストアのタバコ売場は、まるで約束の地のようだ。シャンゼリゼ通りの高みから、ニコチン切れの者たちを待ち受けている。そして同じころ、ピルを切らした女性たちも、処方箋のいらない（住所もいりませんよ、マダムたち）緊急避妊薬のために夜の薬局に行列をつくる。

ピュブリシス・ドラッグストア
Publicis Drugstore

133, avenue des Champs-Élysées, 8e / 地下鉄 Charles-de-Gaulle-Étoile
01 44 43 79 00
年中無休　深夜2時まで営業

あなたは、もっとほかに どんなことをしただろうか

　100のことだけでなく、さらに101、102、103…110…150…200のことがあっただろう。パリの楽しみをもっともっとくわえるには、インスタグラム（#100CHOSESAPARIS）をとおして、快楽主義の都会人であるあなたのひらめきをくみあげるのが一番だ。進化大陳列館でケニアにいるつもりになる、あえて犬を綱につながずにシックな16区を散歩させる、キオスクの店員に投げキッスを送る。写真に残しておくべきそんな瞬間がたくさんある。ベストショットは、フィガロスコープの「少なくとも人生で一度はしておくべきこと」でとりあげていこう。

なにごとにもふさわしい時がある

早起きの人に
   1. ル・カフェ・マルリーのテラスで朝食をとった
  27. ランジス市場に花を買いにいって牡蠣を食べるためのうまいやり方を見つけた
  47. ビュット・ショーモン公園のとある場所で太極拳をしている人たちにでくわした
  55. 夜明けにモンソー公園でジョギングした
  81. サクレ・クール寺院前の階段で夜明けを待った

ランチタイトルの時間に
  12. カンドボルドの店のテーブル席にすわった
  16. ル・コク・リコでチキンのフライドポテト添えを見なおした
  20. リップの1階の道路側の席で昼食をとった
  11. ポン・デ・ザールでピクニックをした
  74. ル・ヴォルテールでウフ・マヨネーズに90サンチーム支払った

グルメを楽しむ
   5. アンジェリーナで冷えた身体を温めた
   4. ガリニャーニ書店を出てからル・ムーリスのモヒートで喉をうるおした
   7. ベルティションの本店でアイスクリームを買った
   9. ル・ボン・マルシェのラ・グランド・エピスリーでかごを一杯にした
  21. モスケ・ド・パリのサロン・ド・テでミントティーを飲んだ
  14. マルティーヌ・デュボワでチーズのプラトーを注文した
  18. ラスパイユのビオマルシェの値段をボイコットした
  22. マリアージュ・フレールで好みの紅茶を買った
  23. カフェ・ド・フロールでコーヒーを飲んだ
  26. カーヴ・オージェでワインを選んだ
  51. フィリップ・コンティシーニのパリブレストをたっぷり味わった
  39. タン・フレールでアジア食材をどっさり買いこんだ

35. サン・マルタン運河でペタンクの勝負のあいまにアペロをとった
70. パレ・ロワイヤルのエルボリストリ（ハーブ薬局）に入った
82. カフェ・ジェルマンの２階で一杯飲んだ…

夜会服に着替えて
8. バトー・ムーシュで「シャンパーニュ＋ドレスコード」の最強カードを切った
10. ル・ブルボンで夕日を浴びながら一杯飲んだ
19. 野外映画を見るためにデッキチェアをひろげた
32. ポワン・ヴィルギュル劇場で大笑いした
40. 冬の夜にヴァンセンヌ競馬場でトロットレースに賭けた
44. 明け方にバスもメトロもタクシーもなくて歩いて帰宅した
48. コメディー・フランセーズでポダリデスの舞台を観た
57. カレ・リヴ・ゴーシュの画廊で開かれた展覧会のオープニングパーティーに行ってきた
63. ペニッシュの上でダンスをした
66. シャトレ座でミュージカルを観た
68. シャンゼリゼ劇場でベルリン・フィルハーモニーを聴いた
85. オペラ・ガルニエでオペラを観た
88. たまたまディヴァン・デュ・モンドのコンサートに行くことになった
92. パルク・デ・プランスでPSGの試合を観戦した

夜更けまで
15. 午前３時にシェ・ドゥニーズで２人前の牛リブロースをむさぼった
28. ニュイ・ブランシュにパリの街をめぐり歩いた
33. 夜中に秘密のホテルの部屋を借りた
42. クラブ・シレンシオで入店を拒否された…
49. 革命記念日の消防士のダンスパーティーに行って踊った
61. エッフェル塔が点滅するのを待った
90. ラ・スカラに不満を感じて、ビュス・パラディウムにのりかえた
96. 午前２時に大いそぎで花束を買った
100. タバコを求めて夜更けにピュブリシス・ドラッグストア

にとびこんだ

パリは移動祝祭日だ

なによりも子どものために
  43. 子どもをつれてデパートのクリスマス・ショーウィンドーを見にいった
  45. テュイルリー公園の池におもちゃのヨットを浮かべた
  59. ブーローニュの森のアクリマタシオン公園でアヒルに餌をやった
  71. シャンゼリゼのロン・ポワンにあるギニョール劇場に子どもをつれていった
  83. パレ・ド・ラ・デクヴェルトで髪の毛がさかだつ体験をした

ほんもののパリ・シック
  17. セーヌ川のジョセフィン・ベーカー・プールで泳いだ
  24. クレ・ヴェルトをたどって12区の西端まで歩いた
  30. カーシェアサービス「オートリブ」の会員になった
  36. シャトレ・レ・アル駅の地下通路で迷子になった
  38. ミケランジュ・モリトール駅で乗りかえそこねた
  41. モンテーニュ大通りを1サンチームも使わないで歩きまわった
  53. コンコルド広場を自転車で横断した
  64. メダル店バックヴィルで自分にレジオンドヌール勲章を奮発した
  56. 愛想のいいタクシー運転手にいきあたった
  72. 無駄なものをたくさん買いこんでコレットを出た
  73. 下水道のにおいを嗅いだ
  75. メジスリ河岸で子犬を買いたくなった
  77. ドルオーのオークション会場で(そこそこの)競り値をつけた
  78. 気の短い駐車違反取り締まりの補助婦警にやさしい目を向けた
  79. フラン・ブルジョワ通りで日曜日のショッピングとしゃれこんだ
  84. 8月をパリですごした

幸せをはぐくむ
　6．映画館ルクソールでビリー・ワイルダーの映画をふたたび観た
　13．ル・セレクトで『移動祝祭日』を読んだ
　29．ノートルダム大聖堂前の広場もしくはサン・ミッシェルの噴水の前で待ち合わせをした
　31．ペール・ラシェーズ墓地を散歩した
　34．ルピック通りでアメリ・プーランのカフェを探した
　37．ポンピドゥー・センターのエスカレーターに乗った
　46．ルーヴル美術館で観光客の集団にまぎれこんだ
　52．フュルステンベルク広場のドラクロワのアトリエに入った
　54．ロダン美術館の庭園で「地獄の門」を観た
　62．オルセー美術館でゴッホの「星月夜」を鑑賞した
　67．パレ・ロワイヤル広場のオトニエルの作品のある出入口から地下鉄に入った
　87．リュクサンブール公園で小説を一冊読みおえた
　93．サン・トゥスターシュ教会でパイプオルガンを聴いた
　95．パレ・ド・トーキョーで現代アートを理解しようとした
　89．蚤の市でアール・デコにあこがれた
　99．テルトル広場で似顔絵描きとモデルをからかった

観光客のようにふるまう
　2．シラク元大統領のアパルトマンの窓から夫婦のようすをうかがった
　3．ギャンゲットで羽目をはずした
　25．トゥルネル河岸でキスをした
　50．ファッションウィークにアナ・ウィンターにあえて話しかけなかった
　58．エッフェル塔の上までのぼった
　60．フニキュレールでモンマルトルの丘にのぼった
　65．革命記念日のシャンゼリゼのパレードを見物した
　69．アンヴァリッドの中庭で「ラ・マルセイエーズ」が鳴り響くのを聞いた
　76．エリゼ宮の歩道を歩いてみた
　80．シャンゼリゼで良い映画を観て、まずいピザを食べた

86. サン・ドニ通りで、金銭ずくの愛の殿堂にもう昔の面影がないことを確かめた
97. 大観覧車のチケットを買った
91. 超高級ホテルのスパでのんびりすごした
94. クールセル通りとクールセル大通りを混同した
98. 不思議のメダイ教会で祈りをささげた

著者◆アンヌ＝シャルロット・ド・ラング（ANNE-CHARLOTTE DE LANGHE）
フィガロ・スコープの編集長。『パリで子どもとオシャレに楽しむ100』『パリで妊娠・出産わくわく小事典』などの本がある。2児の母親でもある。

訳者◆太田佐絵子（おおた・さえこ）
早稲田大学第一文学部フランス文学科卒。訳書に、『フランス料理の歴史』、『マリー＝アンヌ・カンタン フランスチーズガイドブック』『パリジェンヌたちのとっておきのパリ』（いずれも原書房）などがある。

LES 100 CHOSES à avoir fait au moins 1 FOIS DANS SA VIE À PARIS
© LE FIGARO, 2013
Japanese translation rights arranged
with LE FIGARO, Paris
Le Bureau des Copyrights Français, Tokyo

フィガロが選ぶ
パリっ子のための
オシャレにパリを楽しむ100

●

2017年 4月 15日　第 1 刷

著者………アンヌ＝シャルロット・ド・ラング
イラスト………ベルトラン・ド・ミオリス
訳者………太田佐絵子
装丁………川島進デザイン室
本文組版・印刷………株式会社ディグ
カバー印刷………株式会社明光社
製本………東京美術紙工協業組合

発行者………成瀬雅人
発行所………株式会社原書房
〒160-0022　東京都新宿区新宿1-25-13
電話・代表 03(3354)0685
http://www.harashobo.co.jp
振替・00150-6-151594
ISBN978-4-562-05267-7
© Harashobo 2016, Printed in Japan